矯情

老是常出現系列

作者
BeHind

目錄

史兄*：這個作者要落地獄

小時候，中文老師說：

「好文章不用長，但要有意境，平凡中見不平凡。」

如此這般。

但他要求我們交的作文，每篇都有最低字數限制。

所以，

一直不明白那中坑在說啥。

——

直到今天。

看到這書、閱畢這些文字，我徹底明白。

這書是他媽的經典、這文字等同於他媽的好文章。
他媽的。

——

還有，我終於明白，
地球為何會暖化。
用這麼闊的紙，
印這麼少的字。
作者一定要下地獄。

*史兄，著有《婚姻這種邪教》、《辦公室7不思議事件》

老是捱耳光

OldIsHardEarLight

以淚洗面

請不要
以淚洗面

想洗面就請用
洗面奶

胖嗎

我問你
我是不是
胖了

你答我
你不胖
只是

有點重

睡著的樣子

睡不著
是因為
太愛妳
睡著的
樣子

有點醜

想起妳

在陽光燦爛的日子
總會想起妳
皮膚總是
不夠白

為妳寫詩

我要
寫一首詩
送妳

好了
寫完

醉

妳醉了
更美

如果
沒嘔吐

別問

愛妳
不需要
理由

以後
就別問我

為甚麼
愛妳

鼻音

你重重的鼻音
很迷人

儘管
其實
是你

鼻有屎

考驗愛

妳願意吻我嗎？
如果我吃過榴槤

吵架

我們
不要再
吵架了

好好
打一場吧

矯情

他說
除了
說愛妳
我也
不知道
可再

說甚麼

我說
愛我
會害你
變啞巴嗎

賤人

秀髮

妳那
長髮
在風中吹
妳不束起來
很美

只是
坐在妳旁
有時
打得我
好痛

沒有妳的話

我想像不來
如果沒有妳的日子
怎麼過

所以
嚴格來說

認識妳之前
我是
沒有
想像力的

謝信：那個寫愛情的人總在你附近

這不是詩
不是詩
是詩
詩

如果你喜歡以上十個字的排列，相信你也和我一樣，會喜歡 BeHind。

如果你知道以上的排列是出自誰的手筆，又願意花時間看看書其後似斷非斷的句子，相信你會和我一樣，更喜歡 BeHind。

不相信？

是的，你不認識我，我也不認識你，我們有一千個互不信任的理由（奇怪，如果愛不需要理由，相信需要理由的理由是甚麼），但我和你一樣，不認識 BeHind。

最簡單如排隊等巴士小巴，後面是誰，我們不知道；在超級市場百貨公司排隊付款，後面是誰，我們不在乎；甚至在戲院看一場電影，誰坐在後面，我們不理會。

是的，誰會理。

直至當天，後面的那人榮獲曾經有一種愛情文學獎優異獎，將作品結集成書，並蒙不棄，受邀撰序。

今天，當你匆匆經過書店熟悉的角落，請看看後面，也許有一本文學，或者一段不需理由的愛情，在等你。

在

<3uBetween6inch

咫尺之間

愛你

並肩

我們並肩
指尖相隔咫尺
遲遲不敢
牽妳
我是害怕

受傷

畢竟
咫尺之間
相隔的
是妳的

水晶甲

霧中的你

今天
大霧
我在霧中
看你
有點濕

收信

收到
你的信後
我哭了

怎麼
不是 WhatsApp ？

無盡的等待

NoEndOfWaitWait

我等你

我不確定
我們在一起
會怎樣

就是因為
仍未發生吧

可我確定
你絕對是個
我要等待的人

那麼到底
你出門口了嗎

說愛妳

我向著大海說
愛妳！

可是
妳聽不見

因為
妳仍在紅隧

想與念

我
還以為我學會
跟你相處

原來，我是
不懂得

跟
自己
相處

第十一個了
未接來電
我怎麼還不會用
WhatsApp 錄音
嘴巴向著

這台冷冷的手機
跟你說
其實
我很
想
我很
念

第十二個了
十二門徒的那個
十二
十二星座的那個
十二
未接來電令我
很累
到底你在哪？

在夜裡？在眺哪星？
你在哪？

我不
我不
我不
知道

別我：說不出口的愛

愛情是私人的，也可以是詩人的。

有些情話說不出口，便只好用筆墨寫下來，用文字傳達愛意。浪漫或是肉麻在不同的人眼裡就有不同的感受，有人會覺得煩厭；有人卻會落淚流涕，引用梁啟超的一句說話：「全在主觀的心，不在客觀的事。」

有時候寫情話式的文學，跟我們平時接觸的流行文學的很不同，文字功力也許不需要特別深厚，亦不必用上高超的技巧，畢竟寫這類文字的目的本來就是要直接擊中讀者的心坎裡的要害，沒有轉彎抹角，只要感情用得準，讀者接受得了，就沒有了所謂高低之分。在文字價值變得越來越低賤的香港社會，似乎也只有愛情文字才找到一片生存的空間。

作者 BeHind 用有趣的方式來演繹深情絮語、獨特的短句風格，惡搞得來帶點諷刺，同時又令人會心微笑，綿綿情話也忽然可以變得很好玩。

*別我：小說作者

千萬不要跟醫生談戀愛

DONOTChatLoveWithDoctor

淌血的心

妳說
妳的心
在淌血

我說
有哪天
不是

撼動了

他的心
被狠狠地
撼動了

這是場
可怕的

車禍

張不開

我哭得
張不開
雙眼

睡著了

夢見妳

我的淚
在夢裡
凝結了

醒來
張不開
雙眼

我凝結的淚
鎖住了
雙眼

我用力
張開
張不開
眼皮

都因為妳
淚已成了
眼屎

擔心妳

怎麼妳
不停哭
再哭下去
我擔心
你脫水而死

分手

分手
總要在
雨天

為甚麼
交配
總要在

春天

為甚麼

愛情的感覺

愛情的感覺
如置身霧中
只有患風濕的人
才感受到

無聲低泣

我哭著
無聲
是怕吵醒你
儘管你不在我旁

心靈感應

你曾說過與我有
心靈感應

最了解我的你
肯定會聽見
我的哭泣

哭泣其實不可怕
可怕的是你知道
我的哭泣是為了
是為了甚麼

我又怎麼忍心
跟你說
幾天前與你在大滿喜
吃太飽的經歷

我說不出口
我吐不出口
我排不出

這刻我知道
愛要無聲忍受
才稱得上
愛

敏俊

敏俊你廣闊的胸膛
令我無法
呼吸

跟你一起時
我要戴
氧氣罩

心痛

我心很痛
而你
勸我看心臟醫生

菊開來

你再放鬆一點吧
這樣的話
我的心情
會好起來

你懂吧
屁眼

喘氣

今天
我
跑渣馬
跑到半途
喘氣

就想起

妳

抱著

抱著你
我感到
有種
特別的
溫暖

沒錯
是你隔著褲
尿了

大與小

小
便是美

大
便更美

財政困難會令愛情一點也不浪漫

It'sHardoTranslateLa

忘記

我以為我
已忘了你

原來
我還未

你還是
還我錢吧

王子的答案

一天
一百元
一個月
就三萬元
這話讓我

更愛你了

白痴

這是愛

我知道
你是愛我的
錢

免入場費

他約我去
迪士尼
碼頭

情芯：聽說，女兒是爸爸上輩子的情人

從來，母愛大曬，媽媽十月懷胎、挑起養育子女的重擔、不求回報等等的專用詞句深入民心，關於父愛的名言不多，因為眾人心目中的父愛是深沉而凝重的，嘿。

看著引擎頓了怨聲中感應
原來極任性
望見爸爸的身影得以反省

「女兒是爸爸上輩子的情人」這句說話並沒有任何科學根據，純粹在強調父女間的牽絆，也許人生就像輪迴一樣，種甚麼因就會結下甚麼果，但可別忘了下一句是「女兒是媽媽這輩子的情敵」，母親可能會呷醋的。

從來為我艱辛亦撐起
最壞時候都不棄也不離
前路既苦澀仍是美

有云：「父之美德，兒之遺產。」媽媽在內照顧子女，爸爸在外掙錢養家，到女兒長大成人，牽著女兒的手步入教堂的，是爸爸。儘管今天不是特別節日，但只要有愛，每天都是父親節，爸爸，我愛您。

我突然驚醒
想到你的背影

真實情況：「啍，我諗阿囡你都係乖乖哋好，話曬你都係我前世情人嚟。」「咪講笑啦，當初母親大人願意嫁你呢種男人已經係個天大笑話，要我睇上你，除非我前世盲咗啦！」

*情芯：90後文青公主，校刊編輯，校園記者，網台節目主持

利市錢都要給女友

SheKeepsAllOfMyMoney

新年的你

拜年時
他們問我
男朋友怎麼
不來

老爹搶著說

他在新年前
死掉了

初

初一
快過去
初戀
幾時來

愛妳

愛妳
如初
一

如初
二

如初

三

如初

四五七十

妻龍珠裡的秘密

WifeDragonBall

菲利與悟空

菲利大人
右腿一伸
把悟空
踢得老遠

菲利大人

衝上去
悟空已經
倒在地

菲利大人
半蹲下來
看著倒地的
悟空

看樣子
很浪漫

愛你的完全體斯路

斯路
變身了
他跟悟空說
我有了你的種

撒亞星王子

撒亞星王子
比達
老遠
跑到地球
終於

找到
他要找的
失散了的
公主

悟空

元氣彈

悟空雙手
一直舉著
菲利大人
並沒留意

忽然
一陣誘人的涼風
吹過悟空
長長的秀髮

菲利大人
看著他的
頭髮

頭油反射出
一點光

這時
菲利大人抬頭一看
啊

啊

啊
啊
啊
啊啊啊啊啊啊啊啊啊

這是甚麼

懶惰就不要談戀愛

zzzzzzzzzzzzzzz

小三

為甚麼
你是小三
我已小四了
你這留級生

愛睡

我愛睡

嫁給我吧

睡

苗

芥蘭苗
老了
還算是
芥蘭苗嗎

懶人福音

世間有
一千種愛
不能解釋
這就好
不用解釋

LoveSumIsAliveLeaveDieDon't

愛情總是生離死別

我很想你

我很想你
我很想你
我很想你
我很想你
我很想你
我很想你

我很想你
我很想你
我很想你
我很想你

去死

愛你直到

每個
愛說
情話
的人
都是
末世主義者

他們
一般
會說

愛妳
直到
天荒
地老

世界萬國

你在
世界中心
呼喚愛

我在
萬國殯儀
哭著來

你是我的路燈

妳是我的路燈
照亮我
步向
死亡之路

閱讀報告

AfterIHaveReadTheLoveStory

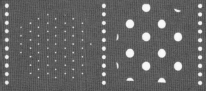

紫薇很強壯

「爾康不禁注意的
仔細的
看向紫薇

「侍衛
見紫薇
狂叫不休

對紫薇
一拳揮去
「頓時間
衆侍衛
便對紫薇
拳打腳踢起來
「紫薇不支

倒在地上
嘴角溢出血來」

許久以後
袖手旁觀的
爾康
成為了
紫薇的
情人

還會一起
騎馬

受傷也要美

「紫薇抬起頭來
看著爾康
她滿面是傷
嘴角帶血

「但是
那對盈盈然的

大眼睛
清清澈澈
淒悽楚楚
帶著
無盡的
苦衷和
哀訴
瞅著爾康

「她掙扎著
爬向他
伸手抓住他的
衣擺」

而紫薇
明明
不是
喪屍

偶然

我偶然會想
偶然，是甚麼
為甚麼偶之後，一定要然
而然之前，一定有偶？
偶，和然，是必然的嗎？

抱我

「抱歉要等我一下」

簡單句子
如何發現愛

刪去
第二三四個字

就很溫暖

啊羅密歐

啊

羅密歐

你貴姓？

紀念冊

總之
別丟
小學
紀念冊

每一句
今天都可以

出一本書

講完

明明綠燈
為
甚麼
轉眼
變成紅燈？

假使

真的相當
勇敢
怎麼
確保
可以挽回
自身？

我愛的人
為甚麼

不是愛我的人？
講完。

愛或情

有愛，就有情。如果，沒有情，就沒有，愛。我不相信，聖經說的，愛，是恒久忍耐。沒有情的愛，宗教的愛，男生的愛，女生的愛，壓根兒（係，冇錯，一定要寫壓根兒）都不可靠。你相信嗎？我信愛，同樣，信會失去愛。在世間，不經不覺，有一種，愛，沒有，情。

雨傘下的愛

RainUmbrellaDownOfLove

照耀

我會給妳
幸福

因為

旺角
我睇晒

金鐘

我睇晒

老銅

我睇晒

拿著地圖

睇埋新界

我和妳

我難以釋懷
妳令我放心不下
妳我一齊走的路
難以再昕明如昔

D9689

妳不能阻我
愛妳的決心
妳D9689的決心

說這話
就不會捱打

TureLoveNoFight

愛人

親愛的
妳不是人
妳是女神

發惑*：Against all odds

——讀 BeHind 的詩

時間像豆豆，擠一擠還是有的。BeHind 是個大忙人，睡時不足，不免要擠一下感性的後青春豆豆，一顆顆擠出來全都是小小的黏黏的白色。

不是瀉停封的十二道鋒味，也沒有人家高富帥的五十道陰影，但是十二輯短打都是寸勁，打進生活的日常、打進對方的身體、但更多是打進空虛寂寞凍、打進前夜吃的魚的墳墓、然後沖水。所謂爽快，就連打詩的爽也得快快完事，以不比俳句長多少的行數擢出節奏、擢出讀者的體液、甜或苦笑、從眼眶。

若鯨向海做的是後少年A夢，BeHind 就是把臨近中年的

B露出成C給你看，至於把C讀完後是否要狠狠地D到他開花，由讀者你來飾演某段美麗故事主人去決定。喔，D stands for 掭。例如你敢不敢說，「你不胖／只是／有點重」（〈胖嗎〉）？睡不著是因為「太愛妳／睡著的／樣子／有點醜」（〈睡著的樣子〉）？這畢竟是一種誠實和真摯，唯有相知多時，才不必多餘的修整，與老死相聚，見面第一句當然是惡言，與愛人貼面，最溫柔的話可能「是你／鼻有屎」（〈鼻音〉）。怎辦，我覺得擠豆豆其實是很浪漫的事，唔係講緊對住塊鏡自己擠咦我講緊乜你自己諗。

如此短篇，最刁鑽的是如何在一行之間提升、高處戛然，叫人欲求不滿而掩卷三思。像〈並肩〉裡的可憐人，與對方何事相隔咫尺如天涯，直到答案揭盅，讀者也不會忿氣吧？只得自己把理由補完。有高潮也有反高潮，〈淌血的心〉和〈撼動了〉，幾行之間成就錯摸，心頭一顫、出一身冷汗。

情愛的書寫是必須要吸引讀者嗎？像〈心痛〉以自嘲取代自傷，原來愛情文學，除了數到三跑到永遠的地平線去泣說空廢的話之外，尚有如此治癒的方式——後青春療法，不再是擤盡一團又一團雲吞、相擁而把雙眼的馬料水流成吐露港，不再是用兩頁空白的紙寫一個「唉」字，而是揮一下手，「乜又失戀呀你？甩難啦兄弟」，接一下招，「係囉，條女唔識貨。唔好同我爭，呢 round 我嘅」。又不是呃小朋友（的老竇老母）科水買書，何必懶係深情實則矯情，唔該，有酒就飲，有糟就吐。

這就對了，誰說麻甩不懂浪漫。廖偉棠曾記他在地鐵上看見個地中海肚腩中年男用手機短訊跟一名相信是姓豬名豬的對像瘋狂聊天，而我第一時間投訴：你不懂他的浪漫。旁人實在很難懂，即使人人都瘋迷都敏俊，情人抱得太緊時也得戴「氧氣罩」（〈敏俊〉）才不致生悲。所以為甚麼愛上豬豬不是浪漫愛上外星人倒成了個A夢。所以龍珠的〈菲利與悟空〉當然是浪漫、〈D9689〉也是浪漫，老實，６８９年輕時也很靚仔很 hehe-able 的，即使到了現在，至少還有你——元秋（生命的奇蹟，五倍的鑽石……）。

雖然說 BeHind 的存在多少是為了滿地傷，但是無人的夜路上頸項忽然一冷，背後開的也難保不是彼岸花。〈世界萬國〉、〈你是我的路燈〉輕鬆又沉重的說了一些人之常情。也是情詩。

所以擠豆豆不是苦差，如此幸運還能有這些充裕的時間和豆豆讓你去擠啊。在好事多磨的世道裡，人與人輕易地離合與抽插之間，說到底甚麼叫做愛？有人說，屙屎一樣爽，只是為求緊迫與痛苦過後的一刻快感，必得如此嗎？但是真愛卻是永遠的進行式：在油脂的積聚、推擠裡，見證衣帶漸寬而終不悔，愛是恆久忍耐。歲月悠悠，詩短如英雄氣短，餘哀若兒女之情長，可是就在如許燈火闌珊

處，對，behind the light，against all odds，那時候，而
你終於發現了誰。

*熒惑、香港詩人著有詩集《突觸間隙》

老是常出現系列

矯情

作者　BeHind

出版　點出版有限公司
香港九龍青山道 505 號通源工業大廈 6 樓 C1 室
網址 http://clickpresshk.wordpress.com
電郵 clickpress@speedfax.net

門市　西環干諾道西 129-131 號地下 29 室
電話 5409 0460　傳真 3019 6230

香港發行　香港聯合書刊物流有限公司
香港新界大埔汀麗路 36 號中華商務印刷大廈三字樓
電話 2150 2100　傳真 2407 3062

台灣發行　遠景出版事業有限公司
220 台北縣板橋市松柏街 65 號 5 樓
電話 02 2254 2899

印刷　約書亞創藝有限公司

出版日期　2015 年 4 月初版

國號書號　978-988-13049-6-4

上架建議　流行文學：愛情